L'EMPIRE

DU TABAC.

POËME EN TROIS CHANTS,

PAR M. BLANDEAU,

AUTEUR DE L'ILE DES INDÉPENDANS.

Et qui vit sans tabac n'est pas digne de vivre.
Festin de Pierre de MOLIÈRE;
Mis en vers par Thomas Corneille.
Acte I. . Scène Ire.

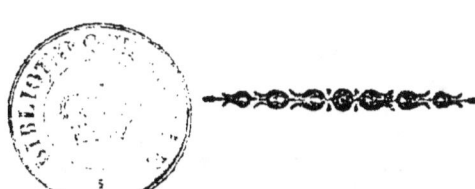

PARIS,

Chez
{
Rosa , libraire au Palais-Royal ;
Les Marchands de Nouveautés ;
Et l'Auteur , quai de Passy , n. 4 , à Passy près Paris.

1822.

PRÉFACE.

LE Siècle actuel deviendra aussi brillant pour la Littérature, que le siècle de Louis XIV. Je ferai tous mes efforts pour y prendre ma place, si on veut m'encourager dans mes faibles essais.

L'EMPIRE

DU TABAC.

POÉME EN TROIS CHANTS.

CHANT PREMIER.

HERBE NICOTIANE, ou bien herbe à la reine,
En Floride Petum, ces noms donnés sans peine,
Par l'usage bannis, cédèrent au tabac,
Et le peuple artisan, toujours fort d'estomac,
Put seul le soutenir lors de sa découverte
Que l'on dut à Nicot. De quelqu'île déserte
La France le reçut pour la première fois,
L'an quinze cent soixante, au règne d'un François.
La reine Médicis fut, dit-on, la première
Qui prisa du tabac; mais, effet ordinaire,
Elle étourdit son fils par les ébranlemens
Qu'occasionnent toujours les grands éternûmens.

Des courtisans courbés, vrais acteurs de coulisse,
Fatiguaient Médicis par leur *Dieu vous bénisse !*
Les princes aiment bien qu'on leur fasse la cour ;
Mais ce n'est qu'au voisin à qui l'on dit bonjour.
Dieu vous bénisse alors était fort d'étiquette ;
La tabatière d'or était une conquête ,
Le portrait de sa femme ou d'un grand protecteur,
Celui d'un Adonis , sa maîtresse de cœur.
On ne prisait jadis que pour la tabatière ,
Et de nos jours la Charte , idole populaire,
Au seul nom du tabac sert de pur ornement ,
Et chacun , en prisant , se croit indépendant.
Si l'homme et le tabac s'accommodent ensemble ,
Mon esprit en ce jour dans mes chants les rassemble.
De même deux amans se suivant nuit et jour,
Peuvent-ils s'empêcher de parler de l'amour ?
Aimable compagnon de toutes les fortunes,
Tu suis l'homme en tout lieux, et les âmes communes
Tu les sers aussi bien que les grands potentats ;
On te prise partout , et dans tous les états ,
Tu sais concilier les hommes intraitables ;
Et sur le champ d'honneur irréconciliables ,

Tu sers à les calmer, et c'est en te prisant,
Qu'on voit les champions de suite s'embrassant.
J'applaudis au dessin de cette tabatière,
Qui de ce trait charmant nous peint le caractère.
Chacun de son sujet aime à faire le choix,
Les amans dédaignent les grands-turcs et les rois;
Ils choisiront toujours Vénus sur un nuage;
L'aîle du papillon, comme eux toujours volage,
Précède la beauté sur son char radieux.
Vénus est toute nue, ainsi que tous les dieux;
Les amours sont groupés autour de la déesse,
Et Mars, toujours vainqueur, ardemment la caresse.
L'homme mélancolique est parfois dans les pleurs;
Il choisit pour sujet une tombe et des fleurs;
Son cœur y voit des cendres, et morte est son amie.
En prisant du tabac son âme est attendrie.
Le bilieux choisira les armes d'un lion;
Il y place à cheval César, Napoléon;
L'abbé, né courtisan, sans aimer à combattre,
Tous deux hommes de cour choisissent Henri IV;
Mais sous la tabatière est un autre sujet;
Une femme galante en est toujours l'objet.

Leflegmatique adroit, dont l'humeur est tranquille,
Choisit un paysage, ou bien Jeanne qui file,
Et son sein découvert, lui permet, en prisant,
De jouir à sa mode et son tempérament.
Un camée est souvent un sujet qu'on préfère ;
C'est un grec, un romain qu'on ne reconnaît guère ;
C'est pour se distinguer qu'un conseiller-d'état
Choisira Richelieu, Séguier ou Catinat ;
Et dans son cabinet, sans que le roi s'en doute,
De ces hommes d'honneur il cherchera la route.
L'amour est un enfant ; un prince, Dieu-Donné,
Je choisis pour sujet Henri le nouveau-né ;
Vive le Roi régnant qui, lors de la tempête
Nous ramena la paix, la plus belle conquête,
Tous les amis du trône éminemment Français,
Préfèrent pour sujet, le héros de la paix.
Les soldats choisiront des assauts ; des batailles,
Des créneaux renversés, des canons, des mitrailles,
Voudront revoir Wagram, les plaines d'Austerlitz,
Celles de Vaterlo. De pleurs tout interdits,
Ils ne peuvent comprendre à quoi tient cette gloire
Qui peut dans un seul jour arrêter la victoire.

La gloire est comme l'ombre, et qui croit la saisir,
La voit dans un instant s'éloigner et nous fuir.

Des dames admirons surtout la tabatière ;
Elle est toujours petite et faite de manière
Que, pour puiser dedans, il faudrait, Dieu merci,
Avoir des doigts exprès ; tout y est retréci.
Mais tel est leur esprit, et surtout leur caprice,
Qu'elles prennent pour plaire un certain artifice,
Surtout quand, s'adressant à l'homme le plus grand,
L'appèlent *mon petit*, serait-il un géant ;
Le petit plaît parfois, petite main caresse ;
On aime d'un fichu petit coin qui s'abaisse,
Et laisse découvrir du sein petit bouton,
En même temps que l'œil juge s'il est bien rond.
Que j'aime des Flamands à voir les tabagies !
Ils fument au billard ; dans toutes les parties,
Tous la pipe à la bouche, assis sur des tréteaux,
De leur bière mousseuse énivrant leurs cerveaux ;
S'ils cessent de fumer, ou s'ils cessent de boire,
Ce n'est que pour chanter ou conter une histoire ;
Mais ils ont toujours soin, comme un canon braqué,
D'avoir le verre en main pour boire à leur santé,

Et si le raconteur cite un trait admirable

Des *Mille et une Nuits*, ou de quelqu'autre fable

Du signe de la croix ranimant leurs ardeurs,

Ils font fuir à la fois Satan et les voleurs.

Les femmes , les enfans ont la bouche béante ,

Et se trouvent muets , tant ils ont d'épouvante.

De l'École flamande illustrant les destins ,

En l'honneur du tabac on fait tous ses dessins :

Ce sont des ports de mer , de rians paysages

Où paissent des troupeaux , des marchands, des

      naufrages ,

Dom-Quichotte fameux , des moines desservans

Qui prient en silence , et que l'œil croit vivans.

  Le tabac exotique est le plus salutaire ,

Ét chacun tour à tour le prend à sa manière :

Priser , fumer , mâcher ; voilà son agrément.

Le priseur est distrait , le fumeur est ardent.

Les femmes du tabac font un très-faible usage ,

Et vous voyez leurs nez au milieu du visage

Quelquefois de tabac proprement barbouillé.

Les priseuses sont chastes et par nécessité.

Boileau n'en permet pas l'usage aux demoiselles ,

Afin que leurs baisers soient sans odeur comme elles,

Et Voltaire leur dit philosophiquement ,

D'écouter de Boileau ce précepte éloquent.

Des Corneilles Thomas , dans le *Festin de Pierre* ,

Effleura ce sujet , grâces au grand Molière.

Ainsi j'ai l'avantage , et mon droit est certain ,

De n'avoir pas pillé Molière et son *Festin*.

Quoi qu'en dise Aristote , est le mot de ruelle ,

Et chacun , en prisant , répète Sganarelle,

Ce grand acteur valet , ce plaisant porte habit ,

Brille par les auteurs qui lui soufflent l'esprit.

C'est ainsi que l'on voit , sur la scène publique ,

Chacun se travestir selon sa politique ;

Le rôle qu'il apprit , l'état qu'il embrassa,

Tous apprendre par cœur comme acteurs d'opéra.

   Le tabac indigène augmente notre aisance,

Et réussit partout sur le sol de la France.

Les habiles fermiers retirent tous les ans

Le double de produit, grâces aux heureux plants,

Les rivières , les lacs , sont voisins salutaires

Pour faire prospérer ces plantes étrangères.

Des anciens fabricans autrefois compagnon ,

J'étais observateur dans leur composition ;

Trahir leur grand secret n'est pas de mon essence,

Et dorer la pilule est toute ma science.

Tout le grand art consiste à savoir allier

Le tabac indigène avec l'autre étranger.

Napoléon premier, dont l'esprit volcanique

Aurait porté la guerre au-delà du tropique,

Permit à ses soldats de fumer dans les camps,

Et ce n'est qu'en fumant qu'ils étaient triomphans.

L'on a vu très-souvent priser pour se distraire

Ce grand dévastateur des trônes de la terre ;

De sa poche Royale il sortait le tabac ;

Il prisait sur le trône, et toujours au bivouac ;

Couronnant le tabac par un décret auguste,

Il se fit fabricant ; ce qui lui parut juste.

« Trente millions, dit-il, ne me coûteront rien ;

J'abandonne à la France un trésor souverain ».

Par ce grand coup d'état créant le monopole,

Il conquit les fabriques et les mit dans son rôle :

Malade à Sainte-Hélène, il cessa de priser,

Il vécut pour la gloire et mourut prisonnier.

Le pauvre veut priser ; mais au fond de sa bourse

Il n'a pas une obole : implorant la ressource,

Vous le voyez parler en aveugle au passant,

Comme s'il demandait du pain ou de l'argent.

« Non, dit-il, je ne veux qu'une petite prise,

Et que Dieu vous la rende : oui, cela m'électrise.

Mettez, monsieur, mettez du tabac dans ma main ;

Car je jeûne vraiment depuis hier matin ».

Le cigarre au fumeur est un puissant mobile ;

Il est d'un très-bon ton, en campagne, à la ville.

La Vénus hottentote étonna tout Paris :

Elle avait pour fumer le goût le plus exquis.

La femme en ce pays connaissant l'art de plaire,

Fait comme veut l'époux, afin de le distraire.

On voit parfois mâcher des hommes très-prudens ;

Le tabac, disent-ils, nous conserve les dents.

Jupiter un beau jour, par le bruit du tonnerre,

Voulut épouvanter les fumeurs sur la terre :

Montés sur des échâsses et se moquant des dieux,

Par leurs tabacs fumans ils voilèrent les cieux.

L'Olympe ce jour-là célébrait une fête :

Sur-le-champ par les dieux la défense fut faite

De fumer du tabac dans les réunions,

Au café de l'Olympe et dans tous les salons,

Afin de respecter les nobles compagnies ,

Ordonnant aux fumeurs d'hanter les tabagies ,

Et qu'il serait écrit dans ces aimables lieux :

Ici l'on peut fumer par permission des Dieux.

Mahomet, empereur de la Sublime Porte ,

Veut dans son paradis cet écrit de la sorte ,

Afin que les croyans sachent qu'il est encor

Des plaisirs sensuels , malgré que l'on soit mort.

Les dieux ne sont pas tous de la même pensée ,

Et leur religion guide leur empirée.

FIN DU CHANT PREMIER.

CHANT SECOND.

Sɪ j'avais le talent de Voltaire ou Racine ,
De Boileau le censeur , de Fabre d'Eglantine ,
J'aurais en meilleurs vers traité mon premier chant;
Mais mon esprit est tel , parce qu'il est ardent ,
Qu'en parlant du tabac, ou tout autre matière ,
Je voudrais embrasser et le ciel et la terre ,
Les nuages plongeurs sortant de l'océan ,
Les faire voyager jusques au firmament ,
Et puis les faire fondre , au bruit seul du tonnerre,
Sur un vaste terrain où le tabac prospère.
Six mois sont suffisans pour voir les plants mûrir.
Le printemps les voit naître , et l'automne cueillir,
Et des tabacs pendus sous les toîts de la ferme ,
Respectés des zéphyrs qui font sécher leur germe.
Les tabacs par le fisc sont tous enregistrés :
En France, c'est la loi, les plants sont tous comptés,

Séchés, le laboureur, sur sa lourde charrette,
Les conduit au bureau qui forcément achette.
Il est des plants cachés au bord des clairs ruisseaux ;
Il en est dans les bois à l'abri des côteaux ;
Et plantés à l'écart, du soleil la justice
Les protége toujours jusqu'au moment propice.
Le soleil en tous lieux répandant ses bienfaits,
Ils se moque du fisc ; et les rois ses sujets,
Font ouvrir leurs palais et montent sur leurs trônes,
Quand le soleil brillant paraît sur leurs couronnes.
Le soleil d'Austerlitz s'éclipse à Waterlo ;
C'est qu'il voulut en paix voir régner les héros,
Alexandre-le-Grand, ce donneur de batailles,
Ce grand incendieur, destructeur de murailles,
De Diogène assis recevait les leçons :
« Ne m'ôte pas, dit-il, du soleil les rayons
Que tu ne peux donner : voilà ton impuissance ;
Mon soleil s'obscurcit par ta seule présence ».
Les plants indépendans qu'on trouve dans les bois,
Si le fisc les rencontre, il détruit à la fois
Et les fruits du soleil, et ceux de la nature ;
Il punit l'innocente et belle agriculture :

Les plants foulés aux pieds sont déjà tout mourans,
Avant les jours comptés et voulus par le tems.
Une femme sensible a droit à notre hommage ;
La fermière aux beaux yeux et au gentil corsage,
Arrête ce ravage, et le fisc généreux
Ne songe plus aux plants pour sécher deux beaux
     yeux.
C'est au milieu des bois qu'on doit avec noblesse
Protéger une femme, et surtout sa faiblesse.
La fraude est au tabac ce qu'elle est aux beaux arts,
Et les faux ateliers tronquent leurs étendards.
Les tabacs clandestins ont aussi leurs fabriques,
Et les contrebandiers forment des républiques ;
Ils emploient des moyens et des ingrédiens
Nuisibles au public : une terre rougeâtre,
Des bois de la couleur ; une sauce murâtre,
Des simples sans odeur, mélanges étrangers,
S'appellent tous tabacs, tabacs des maltôtiers.
C'est ainsi que la fraude et son puissant empire
Sait tromper les humains ; le fisc sait la réduire.
Suivons les douaniers sur un mont escarpé,
Attaquant un convoi de tabac, de café ;

Admirons les coursiers, dans ce bruyant tapage,
Lancer des coups de pieds où le combat s'engage.
Si l'ermite du mont dresse procès-verbal,
C'est que les douaniers, d'un combat inégal,
Instamment l'ont forcé d'être de la partie :
Il sonne le tocsin , alarme la patrie :
Arrivent les bergers , les fermiers d'alentour ;
L'ermite les prônise ; ils ont peur tour à tour,
Des menaces des uns, de la terreur des autres,
Et sont spectateurs, comme de vrais apôtres.
Tandis que les fraudeurs dispersés et battus
Dégringolent le mont et s'estiment vaincus,
Les chevaux innocens des fautes de leurs maîtres,
Sont saisis sur-le-champ par les gardes champêtres;
Ils hennissent en vain, témoignant leurs douleurs.
La force de la loi fait taire tous les cœurs.
L'ermite, pour prouver toute son énergie,
Chante le *Te Deum* sur la prise ennemie ,
Caresse les chevaux... Il découvre du thé,
Sent l'odeur du tabac, vante sa qualité,
Et par reconnaissance on lui fait une offrande
De café , de tabac pris sur la contrebande.

Le saint homme reçoit avec quelque dédain

Tous ces objets divers comme un présent mondain ,

Et pour que le démon n'en eût point de surprise ,

Il enferme le tout dans sa petite église.

Les douaniers vainqueurs enlèvent le butin ,

Et conduisent le reste au garde-magasin.

Des côtes de tabac un fabricant habile

Peut faire de la poudre , et la côte docile ,

Par un mélange heureux , peut tromper l'odorat.

Mais ces moyens trompeurs sont proscrits par l'état;

L'acheteur est censé , de la vente publique ,

Les faire transporter sur les côtes d'Afrique

Ou les côtes d'Espagne. C'est là que d'un grand cœur

Prisent toutes les femmes , et s'en font un honneur.

Le tabac Espagnol aux Français ne plait guère ,

Et sa manutention de le nôtre diffère:

Admires tous l'esprit du noble Cartillan :

Il fume son cigare avec du papier blanc,

Les Antilles , Cuba , la Havane et Marseille

Ont seuls quand aux cigares, acquis toute merveille.

Eh ! qui n'a pas connu ce fameux Robillard ?

Le tabac de la ferme à lui dut tout son art.

Tabago fut toujours le pays des miracles ;
Robillard lui dressa jadis des tabernacles ;
Les marches de l'autel étaient d'or vermoulu ;
Et prince du tabac , du tabac la vertu
Lui faisait espérer , lui donnait l'assurance
Que , maire du palais , il serait roi de France.
Passant du Carousel au grand Palais-Bourbon,
N'a-t on pas vu d'un saut s'asseoir Napoléon ?
Robillard fut surpris plus que du monopole ;
Des fabricans nouveaux forma la grande école ;
Avec ceux de Tonneins il instruisit la cour
A faire du tabac , et l'on vit tour-à-tour
Le prince fabricant , et le fabricant prince
Devenir gouverneur ou roi d'une province.
Qui n'a pas vu Murat , jeune palefrenier ,
Roi d'Espagne de Naples et se montrer guerrier ?
Nous prenons aisément l'air de noble fortune.
Les millions relèvent l'âme la plus commune ,
Jusqu'au moment fatal , où les dieux en courroux
Nous livrent à Caron : ce sont-là de leurs coups.
Francascheti s'avance , et veut perdre la vie
Pour le prince Murat sans trône et sans patrie.

Murat, du général reconnaissant le cœur,

Se condamne lui-même, et meurt avec honneur ;

Et les hauts faits du tems que mon esprit rappèle,

Depuis les fiers Romains n'eurent point de modèle.

Le nouveau Marius, assis sur son rocher,

En imposait encore à l'univers entier.

Le but des potentats, la grande politique

Fut toujours d'arrêter cette puissance unique

Que donnent les millions, ces millions désirés

Qui cachent leurs venins sous des aspects dorés.

Les financiers sont rois ; les empereurs du monde

Y placent leurs trésors dans leur chute profonde.

L'argent du monopole est trop lourd à porter,

Et les frêles vaisseaux courent trop de danger :

C'est chez les financiers que l'Espagne appauvrie

A trouvé des secours pour sauver la patrie.

César, le grand César, ce roi des empereurs,

Emprunta trois millions pour monter aux grandeurs.

Et que peut le courage fort d'une grande armée ?

Peut-on sans les millions former sa destinée ?

Et la Sainte-Alliance, illustrant sa valeur,

Ne put prendre que l'or, à nous était l'honneur.

Le flux et le reflux d'une mer orageuse
Nous montre des états la marche tortueuse.
Le vaisseau fait naufrage, et perd tous ses trésors ;
Mais la mer vomit tout, et un jour sur ses bords
Nous pourrons retrouver ce que la perfidie
A pu nous faire perdre en sauvant la patrie ;
Et riches par la France et son sol bienfaisant,
Attendons tout de Dieu, du roi, d'un seul moment.

Le tabac est sorcier, sorcier très-agréable ;
Il fait suivre , dit-on ; vous fait trouver aimable :
Les dames en ce cas se défendent toujours
De priser avec nous par crainte des amours.
Ce *manuel* adroit , prisé par tous les âges ,
Électrise à la fois et les fous et les sages.
Forcé d'improviser , il veut dicter des lois
Conformes à la charte et au bonheur des rois.
Ce savant sans pareil, lorsqu'il a la parole ,
Rappelle Cicéron parlant au capitole.
Qu'importe à l'orateur le tumulte le bruit ;
Pourvu qu'il parle juste et qu'il ait de l'esprit ?
L'esprit est un trésor qu'on veut toujours produire,
Et ceux qui n'en ont pas , ne sachant que médire ,

Vous traitent de perfide , ou bien de turbulent ,
Et se donnent les airs d'avoir du jugement.
Il laisse l'orateur pour le faiseur de drames ,
Choisit un nom fameux dans les noirs mélodrames,
Que nous peint la nature et toutes ses laideurs ,
Et qui n'a de talent que pour navrer les cœurs :
C'est toujours des tyrans, des voleurs ou des diables,
Des enfans du mystère , ou des mères coupables ,
Un mari de retour dans un très-beau château
Qui vient trouver sa femme, et trouve son bourreau ;
C'est un mauvais sujet toujours dans la détresse ,
Et deux maris pour un ; le riche a la tendresse.
On le voit animer , petit auteur bouffon ,
Qui prend d'un oiseau fin la couleur et le nom.
C'est à son appétit qu'il dût ses beaux ouvrages,
Et pour mieux réussir, il prend des hommes sages
Tout l'esprit d'invention , et dans leurs manuscrits
Il s'empare de tout , en changeant leurs habits.
Cet auteur et consorts , une pièce est en vogue,
Vous les voyez de suite en faire l'épilogue.
Le plan étant tout fait , ils changent les acteurs ,
Et de l'esprit des autres ils se disent auteurs ;

Les hommes colporteurs des chansons du vulgaire,
Appellent mon sorcier chansonnier populaire :
Pour devenir célèbre en amusant Paris,
Il va se promener le dimanche à Passy :
Y trouvant les secrets de la simple nature,
De l'homme aux précautions il se donne l'allure.
L'esprit de ces auteurs marche par pelotons ;
Ils ne peuvent créer qu'avec des compagnons.
Mon sorcier fut toujours protecteur de Thalie ;
Il chausse le cothurne, enflamme son génie.
Étienne et Dejoui, Delavigne et Picard
Prisent fort le tabac, et sont maîtres de l'art ;
C'est dans les terrains neufs qu'ils cherchent la science ;
S'ils parlent des romains, l'allusion est en France,
Et traitent un sujet qui, par conformité,
Se trouve aujourd'hui neuf et plein de vérité.
Le parterre applaudit l'auteur et son génie,
Et croit être dans Rome au sein de la patrie ;
Mais dans vingt ans d'ici l'Histoire nous dira,
En les comparant mieux, qui des deux est Sylla.
La *Lampe merveilleuse* est la lampe à la mode ;
Cousine du tabac, sorcière très-commode,

Elle fait d'Aladin un beau prince d'amour ;
L'idéal toujours faux ne l'est point en ce jour:
Aladin est berger , sa lampe est souveraine ;
Aladin est soldat , sa puissance est certaine ,
Et c'est par des princesses et des moyens divers ,
Que les deux Aladins étonnent l'univers.

Le tabac se plaît fort avec les publicistes ,
Et d'aimant pour la *Foudre* on voit les journalistes
Le choisir en carotte ; ils rapent le sorcier ,
Et le mettent en poudre , afin de le priser.
C'est pour sa sûreté qu'il a cru nécessaire
D'élever aux journaux un bon paratonnerre.
Un poëme assuré vaut bien une maison ;
Chacun chérit son bien avec juste raison.
Ils traiteront mes vers de même que ma prose.
Le Constitutionnel qui dit bien toute chose ,
Armera sa critique , et son esprit tranchant
Me traitera d'un fou jouant l'homme prudent.
La vieille Gazette , autrefois très-habile ,
M'enverra sur-le-champ ermite à Romainville ,
Et la *Quotidienne* , adroite et de bon ton ,
M'offrira de choisir sa petite maison ,

Et sans m'associer à sa bonne fortune ,

Parlera du tabac comme chose commune ;

Mais si je veux moi-même ou me peindre ou me voir,

On me verra de suite affronter *le Miroir* ,

Et plaçant mon poëme à l'article *spectacle* ,

A un petit auteur il me rendra semblable ;

M'appelant l'Éveillé , comme dans le *Barbier* ,

Tout mon talent sera de faire éternuer.

D'un Basile bâillant craignant la sympathie ,

Je verrai le *Miroir* jouer la comédie ,

Et l'un vis-à-vis l'autre , sans nous contrecarrer ,

On nous verra bâiller , tousser, éternuer.

Le *Pilote* a besoin souvent qu'on le dirige :

De diriger les autres aurait-il le vertige?

Pourrait-il oublier qu'on fait naufrage au port ,

Où il n'entre jamais , tant il en craint l'abord ?

Il va toujours voguant sur la terre et sur l'onde ,

Et c'est dans les déserts qu'il dirige son monde,

Le *Réveil*, endormeur , prêche de tout côté

Qu'il faut que son journal soit le seul écouté.

Ce beau titre promet aux peuples de la terre ,

Que les morts reviendront ; mais quand ? on ne

    sait guère.

L'Étoile est trop tardive , et ce *Journal du soir,*
En craignant le grand jour , nous prive de le voir
Le *Journal des Débats* a perdu son empire ,
Et il a tant médit qu'il ne sait plus médire.
Geoffroi n'existe plus , et pour le retrouver
On voudrait, j'en suis sûr, consulter le sorcier.
Le *Journal de Paris* , conseiller optimiste ;
Ne croit jamais le mal , et du bien a la piste.
S'il survient un désordre , il en conclut un bien ;
Cousin de d'Harleville , il donne pour certain
Que le feu cette nuit prenait fort à la grange ;
Mais qu'il est très heureux que tout en bien s'arrange;
Car il aurait bien pu dévorer le château ;
Conséquent en lui-même et voyant tout en beau ,
N'a pas toujours raison aux yeux de ses confrères ,
Parce qu'il est, dit-on , l'ami des ministères.
Le *Drapeau blanc* éclipse un drapeau de couleur.
Après l'avoir prôné du tems de sa valeur.
Le *Moniteur* des siècles appartient à l'histoire ,
Nos neveux y liront nos malheurs, notre gloire ,
Et ce grand monument de la postérité
Marche comme le tems et la nécessité.

Le *Journal du Commerce* est un journal utile,

Et c'est le grand moteur du commerçant habile.

On voit les financiers, empressés tour-à-tour

Y chercher des effets quel est le taux du jour ;

Et cet ambitieux, le plus savant de France,

Puise dans les calculs toute son éloquence :

Les tabacs exotiques arrivent sur ses bords,

Et il joint les deux mondes en joignant tous les ports.

Les *Journaux des théâtres* aux actrices jolies

Asservissent leurs cœurs ainsi que leurs génies,

Et l'on voit tous les soirs leurs nobles rédacteurs,

Pour mieux les contempler, à côté des souffleurs.

Bajazet à Zaïre a donné la naissance.

Le modèle a pour eux toujours la préférence ;

Mais qu'importe après tout à nos grands écrivains

Qu'ils aient pillé les Grecs, Racine ou les Latins,

Pourvu qu'ils aient atteint, surpassé leur modèle ?

A nos contemporains donnons une immortelle.

Corneille est plus savant, Corneille est le premier,

Et cependant Voltaire est son digne héritier.

Ainsi, s'il est en France un Corneille, un Voltaire,

Que ce grand chevalier des auteurs de la terre

S'avance sur les bancs de l'immortalité ,

Quand même des Quarante il serait rejeté ,

Les Quarante sont en nombre et non pas en science,

Et ce n'est pas l'esprit qui fait la récompense.

J'aime un dénouement noble comme Sylla ;

Ailleurs c'est du poison, des poignards, des trépas.

Il serait tems, je crois, de changer de système ,

Et de peindre des mœurs dignes du diadème.

Je fuis devant Néron, Gabrielle de Vergy :

Ces sujets sont affreux et méritent l'oubli.

Nous voulons des pardons et non pas des martyres,

Car les troubles du cœur vont troublant les empires.

La Minerve autrefois formait l'opinion ;

Cette reine du monde a changé de maison ;

Le peuple en vieillissant change aussi de maxime,

Et les hommes de fer se rouillent à l'escrime.

Nous sommes à Passy grand nombre de lecteurs

Qui lisons les journaux, ce sont les plus menteurs :

Ainsi nous les aimons, car nous avons la gloire

De dresser avec eux acte contradictoire.

Le Courier voudrait bien courir dans tout pays ;

Mais ces journaux, dit-on, restent tous à Paris :

Et tout courier qu'il est parlant de la Turquie,
Ignore si les Turcs gardent la Valachie ;
On le voit sur la carte, en peignant ses couleurs
Faire des postillons et des ambassadeurs,
Et de Saint-Pétesbourg, à la sublime Porte,
Vingt fois dans un clein-d'œil, le courier se trans-
    porte.
Le *Journal des Affiches*, est un journal bannal ;
Aussi, l'appelle-t-on le *Journal-Général* :
Ce sont des procureurs de filles, de garçons,
Font vendre les châteaux, les terres, les maisons,
Ils mettent à l'encan comme on fait en Asie
Un beau cheval de selle, avec femme jolie ;
Annoncent le départ d'un ménage pompeux
Qui vend tous ses effets par extinction de feux.
Une fille arrivante et toujours de province,
Annonçant de beaux yeux une taille assez mince ;
Lindor va la trouver, et son cœur aux abois,
La prend à son service et sans savoir pourquoi :
Il dine chez son père, et soupe chez sa tante,
Qu'avait-il donc besoin de la fille arrivante ?
Le soir Lindor revient, il voudrait se coucher,
Quand Lise lui demande un ménage à soigner.

Léon dit à Germain, vite à mon nécessaire,
La tabatière d'or, au portrait de ma mère :
C'est dans une bouteille, où se trouve une clé,
Qu'il tient son Macouba dans tous les lieux vanté.
Au tabac du seigneur donnant la préférence,
Germain comme son maître en use avec aisance,
Il en prend pour sa femme, et souvent son cousin
Arrivant à l'office, invitera Germain
De l'en gratifier ; on voit tout le village
Priser avec Germain, sans bruit, et sans ramage.
De ce nombre est Girou, mon voisin, maréchal
Par état, incommode et toujours jovial,
Qui croit vous faire honneur, et vous flatter d'avance
En prenant des cinq doigts, une prise à outrance ;
Ce savant médecin de tous les animaux,
Ote, par le tabac, la colique aux chevaux ;
Jadis, chaque ménage avait une fabrique,
Et les petits moulins étaient d'ordre ionique ;
Ils étaient portatifs, ses usages bannis
Cédèrent à la Ferme et aux Droits réunis.
Du tabac la vertu, la vertu singulière,
Et dont je puis parler sans blesser la matière,

Est de vous délivrer ; mais, je n'ose vraiment
Parler de cet insecte, impudique et rampant.
Faudrait-il imiter l'auteur de la pucelle,
Dévoiler les secrets d'une femme infidelle,
Et parler dans mes vers, de ses charmans attraits
Où n'osent pas toucher, même les indiscrets?
Mon audace en ce jour enflammant la critique,
Ferait tomber sur moi, la classe académique ;
D'un voile on couvrirait mon Piron nouveau,
Et d'un second poëme déchirant le pinceau,
Je n'oserais jamais paraître dans le monde ;
A l'abri d'un balcon je fuirais à la ronde,
Et loin de ce beau sexe, agréable et trompeur,
Me croyant à couvert de toute sa rigueur.
Si j'éprouvais parfois une pluie adorable,
Je dirais au tabac : c'est là l'endroit aimable.
Usez, mortels, usez; mais n'abusez jamais :
Craignez de Mahomet les amoureux bienfaits,
Apprenez à connaître une plante chérie,
C'est un second vous-même, elle donne la vie ;
Elle existait d'abord, dans le palais d'Eden,
Et ce fut le bonheur qui créa son destin.

Oui, cette plante unique embellit la nature,

Et je puis l'indiquer, sans fard, sans imposture.

Maintenon défendait aux dames de Saint-Cyr,

D'en laisser approcher le Sultans, le Visir.

Mais son nom, direz-vous, apprenez-le bien vite,

Faites-moi la connaître et son grand prosélyte,

Je veux qu'elle prospère, et pare ma maison,

Dans les serres l'hiver, l'été sur mon balcon ;

Devrais-je m'exposer à payer triple amende,

Je veux avoir l'objet que mon amour demande ;

Eh ! bien, apprenez-le ce nom cher et sacré,

Et soyez en l'époux, car c'est votre moitié.

FIN DU SECOND CHANT.

TROISIEME CHANT.

Je chantais le tabac en pensant à Virgile,
A ce profond Montaigne, à ce brillant Delile :
Quand l'esprit est distrait, il faut lui obéir ;
Les règles, les compas ne peuvent lui servir ,
Et , si d'un trait saillant il nous lance l'amorce,
Le coup part à l'instant, sans contrainte et sans force,
Et le législateur qui traite des impôts,
S'il s'agit du tabac , parle aussi des complots ;
De la guerre des Turcs avec l'ancienne Grèce ;
Et , si le président par devoir le redresse,
Son esprit pétillant paraît tout comprimé
Et rejette l'impôt sans en avoir parlé.
Le côté droit alors, d'un esprit tyrannique,
Commande à l'orateur d'être plus politique ;
En pressant son discours, on le voit discourir
Et battre la campagne à ne plus en finir :

Constant à la tribune, il survient un orage ;
On voit le côté gauche exciter son courage,
Et s'il croise les bras on dit à l'orateur :
Sommesnous les plus forts ? Rodrigue, as-tu du cœur ?
Le président s'escrime à battre la sonnette ;
Ce son ne s'entend pas, il faudrait un trompette.
L'orage est à son comble, on voit grossir les flots.
Que peut le gouvernail lorsque les matelots
De diriger l'état se disputent la gloire,
Voudraient tous le sauver, pour avoir la victoire ?
Les uns sont tous à gauche et les autres à droite;
Chacun de son côté croit avoir le bon droit.
La séance se lève et chacun pour nouvelle
Apprend dans son journal, qu'il a montré du zèle :
Ne sont-ils pas Français tous ces représentans
D'un peuple généreux ? et quels sont les méchans
Qui dans les deux côtés pourraient trouver un traître ?
Ils aiment la patrie et de l'état le maître ;
Ce maître les entend, et sans être absolu,
Il sait récompenser le talent, la vertu.
Il nomme l'un ministre, et l'autre pair de France;
Et c'est pour ces honneurs qu'ils disputent d'avance.

L'impôt sur le tabac par les uns rejeté,
Par la majorité fut toujours adopté.
De six ans en six ans on l'adopte sans cesse,
Cet impôt de l'état augmente la richesse,
Lui sert pour le commerce à creuser des canaux,
Et le peuple jouit de ses bienfaits nouveaux.
On peut en patinant sur l'Ourcq immobile,
Marcher à volonté sur l'eau comme à la ville.
Le cigare mais de nouvelle invention
Anime doucement le vogueur piéton;
Les dames au canal vont rendre leurs hommages;
L'on y voit patiner les folles et les sages,
Et de la gymnastique implorant la chaleur,
C'est au milieu du froid qu'elles trouvent l'ardeur.
Ces jeux sont innocens, et rien de plus comique
Que de voir en Hollande un peuple phlegmatique
Voyager en hiver à pied sur les canaux
Qui supportent leurs chars, ainsi que leurs traînaux.
On voit dès le matin s'assembler le village,
Et la chaîne vivante affronter le rivage;
Ce peuple sur les eaux vous rappelle le tems
Où le peuple Israël marchait sur l'Océan;

Dans ce tems-là, la mer très-féconde en miracles,
Obéissait au Dieu de tous nos tabernacles.
La Hollande, la Flandre et tous les ports de mer
commandent au sorcier de purifier l'air
Qui, se trouvant chargé de gaz trop hydrogène,
Fatigue les humains par de lourdes migraines ;
Le tabac, le tison, le café, le crachoir,
Voilà tout leur plaisir, du matin jusqu'au soir.
Et dans tous les banquets pour la santé publique,
On permet de fumer, comme chose angélique :
Neptune sur son char, protégeant les marins,
Lorsqu'il est embourbé fume tous les matins.
A bord des bâtimens, dans un lointain voyage,
On voit priser, fumer; mâcher, tout l'équipage,
Et le temple de Dieu n'a des adorateurs,
Que lorsque l'encens fume et ranime les cœurs ;
Les encensoirs bénis, près des pipes vermeilles,
Ne cèdent rien à l'homme en beautés sans pareilles.
Les chaînes sont en or, d'argent les chapitaux,
Les gravures saillantes, et les brûlans réchaux,
Ce sont les ornemens des fumeurs et des anges ;
L'encens et le tabac volent jusqu'aux archanges ;

3

L'un brûle dans le chœur, l'autre à l'estaminet ;
Leurs résultats physiques ont tous le même effet.
L'un, d'un souffle divin fait briller l'étincelle,
Quand l'autre, dans les airs fait mouvoir sa nacelle ;
Et les astres brillans aux yeux de l'univers,
Prouvent que les volcans sont aussi dans les airs.
Semblable à ce guerrier tout poudreux de la guerre,
J'avais, dit le fumeur, enfumé ma bannière ;
Oui, ma pipe est cassée ; hélas ! j'ai tout perdu,
Je n'ai plus d'un fumeur la grâce et la vertu.
Noircissons l'autre pipe, autrement l'ironie
Attaque le fumeur qui ne l'a point noircie.
Il parvient à son but, et crainte de malheur,
Place sous son chapeau l'objet cher à son cœur.
Une pipe de terre est la plus ordinaire ;
Le tabac y est bon, son odeur salutaire ;
Cette terre nous vient de France et de Coblentz ;
Coblentz si renommé par les fiers émigrans.
Pour la bien fabriquer le manouvrier l'écrase ;
On la trempe aussitôt, on la met dans un vase,
Ensuite on la pétrit sur un grand établi,
Comme si l'on faisait du pain, ou du biscuit ;

D'une barre de fer on fatigue sans cesse

Cette terre brillante en blancheur, en souplesse ;

On fabrique des pains, et les pains façonnés,

On façonne les rôles, et les rôles moulés

Font toujours les tuyaux. Un moule fait la tête

Quand à joindre les deux le fabricant s'apprête,

Et par un fil de fer scellant les deux morceaux,

On réunit ensemble et têtes et tuyaux.

Les arts et les métiers nous sont toujours propices,

Nous servent en tous lieux, augmentent nos délices;

Des bateaux à vapeur admirons l'invention

Naviguant sans chevaux, sans voiles, aviron.

Qu'importe à la critique ardente et enflammée

Qu'en parlant de tabac je parle de fumée ?

La vapeur est le vent qui pousse le vaisseau

Et qui le fait marcher comme un arche nouveau,

L'arche aux ailes mouvantes, en s'emparant de
   l'Onde,

Fait crier au miracle et surprend bien du monde.

Le feu fait tout mouvoir, et les eaux de Paris

En remontant leur source ont de même surpris

Tous les insoucians qui craignent la lumière

Qnand elle donne l'âme à certaine matière.

Ces grands illuminés réfléchissent si peu
Qu'ils ignorent pourquoi l'on fit la pompe à feu :
Ils aiment les odeurs, et ce n'est pas sans cause
Qu'ils craignent le tabac, s'il n'est pas à la rose.
La plaque d'assurance embellit leurs châteaux,
Indiquant aux passans le danger des flambeaux.
Ils ont dans leurs jardins tenant une hallebarde
Un grand homme de paille, il est toujours de garde ;
Il fait fuir les oiseaux et trembler les voleurs
Qui viennent moissonner et les fruits et les fleurs;
Ils voudraient de leur vie acheter l'assurance ,
Et le Phénix adroit leur promet tout d'avance.
Nous verrons un beau jour des maris d'un grand
    cœur ,
Vouloir faire assurer de leur femme l'honneur ;
Assurer leur esprit n'est pas chose facile ,
Et cette compagnie , à créer difficile ,
Se fera remplacer par un don plus réel ,
Et c'est l'enseignement qu'on nomme mutuel.
Si cet enseignement s'établit en Turquie,
Je me garderai bien d'y choisir une amie,
Ni d'envoyer ma fille à ce noble couvent
Où la majorité tient lieu d'enseignement.

C'est un dépôt sacré que je donne à l'abbesse ;
Ébranler sa croyance est un trait de faiblesse.
C'est de ma confiance abuser bassement,
M'ôter mes droits de père et voler mon argent.
Des bateaux à vapeur, passons dans la cabane
Où git un fabricant, de peur qu'on le condamne ;
C'est au milieu des bois qu'on voit ce triste ouvrier
Cacher les instrumens propres à son métier ;
Il roule du tabac, son rouloir c'est sa main.
Pour le pulvériser dans son petit moulin,
Il emploie à leur tour et la mère et la fille :
Nuit et jour il maudit sa nombreuse famille,
Et c'est un grand travail, si dix livres pesant
Sont moulus dans un jour par cinq ou six enfans.
On voit le fabricant au bout de la semaine,
Pour vendre son tabac dans la plus grande peine ;
Il parcourt la contrée, et pas un débitant
Ne voudrait s'en charger. Il en est un pourtant
Qui veut risquer le tout ; mais hélas ! son audace
Est bientôt ralentie, et des hommes en place
Parcourent sa maison, et dans un somelier
Saisissent le tabac qu'on croyait au grenier.

La prison, les procès, plus compter mille écus!
La famille est en pleurs, les voilà tous perdus !
Sous les Bourbons il est des âmes secourables
Et l'art de la critique à des momens aimables.
Mon esprit se délasse en disant d'un bon cœur
Ce qui nous fait chérir un administrateur.
Un serment est sacré; c'est se trahir soi-même
Que de trahir celui qui tient le diadême.
Laissons-nous gourverner, obéissons aux lois :
Les fidèles sujets font toujours les bons rois.
Il ne reste donc plus qu'a implorer la grâce
De ce roi des mortels qui de Dieu tient la place;
Mais l'administrateur, chef des Droits réunis,
Prononce cet arrêt digne du Roi Louis :
« Je révoque la mère et je place la fille,
« Le brevet restera toujours dans la famille.
C'est ainsi qu'autrefois un prince généreux
Trahi par un époux d'un complot odieux,
Dit à l'épouse en pleurs : « Déchirez cette lettre,
« Et de le condamner on ne sera plus maître. »
Tout ce qui vient du cœur nous paraît toujours beau;
On aime à voir du cœur le plus triste tableau.

Voyez ce malheureux se jeter dans la Seine ;

Le désespoir l'anime, il est sauvé sans peine.

Le mortel courageux qui le sort du néant

Présente à votre cœur un tableau bien touchant :

Il ne craint pas la mort et l'autre la désire ;

Du tombeau qu'il cherchait il sort dans le délire.

L'asphyxié se meurt, et comment le sauver ?

Le tabac en ce jour n'y est pas étranger.

Pressé dans un étui de forme cylindrique,

Il sauve le noyé, par un moyen unique.

Tous les moyens heureux pour sauver les humains

N'ont jamais qu'ennobli l'art des pharmaciens.

L'étude botanique et sa sœur la chimie,

Avant que le tabac ne fût une industrie,

L'appliquaient aux remèdes; ainsi, de tous les tems

Le tabac dut servir pour les médicamens ;

C'est un fort irritant, c'est un sternutatoire ;

C'est un antiputride, un grand expectatoire ;

Et le tempérament doit toujours décider

Dans quelle maladie on pourrait l'employer.

Les simples, les odeurs, les tabacs en fumée,

De nos jours, quelquefois, prolongent la durée.

Et les fumigations sont des effets divins

Qui rendent l'équilibre au sang pur des humains.

Aristote mourut d'une colique affreuse;

Mais avant de mourir son âme courageuse

Lui conseilla, dit-il, de se nourrir d'odeurs;

Sachant qu'on pouvait vivre en respirant les fleurs;

Les fruits, les aromates et toute quintessence,

Tout en s'évaporant, forment une substance.

Les tabacs que brûlent constamment les fumeurs,

Raniment leurs esprits et réchauffent leurs cœurs.

Aristote vécut par l'odeur d'une pomme;

Qui ne le croirait pas? puisque du premier homme

Date l'effet connu de ce fruit merveilleux

Qui nous donna la vie et nous priva des cieux.

Herbe nicotiane ou petum tour-à-tour,

Dites-moi si Voltaire en usait nuit et jour;

S'il sortait du tabac ou de sa cafetière

Cet esprit si tranchant qui ravagea la terre.

Grand ennemi des rois, les rois, pour son profit,

Le mirent à sa place, ainsi que son esprit.

On peut en écrivant plaire par l'ironie,

Et corriger les mœurs, c'est l'esprit de Thalie,

Mais il n'est pas permis de transgresser l'honneur
En bravant un grang roi, parce qu'il est auteur.
Frédéric par bonté dit un jour à Voltaire :
« Mon ouvrage fini que me faudra-t-il faire ?
« Faut-il le relier comme un vrai monument
« Qu'un prince doit laisser au public en mourant ;
« Ou bien tous mes écrits n'auront d'autre parure
« Que celle du talent d'une âme grande et pure ?
« Non , répondit au roi Voltaire en vrai mutin ,
« Vous devez relier le tout en maroquin
« Et sur tranches dorées on verra votre livre
« Brillant en reliure à mes écrits survivre.
Frédéric de sang froid. « Lui demande la peau
« D'un poëte écorché (ce relief nouveau)
De l'esprit de Voltaire effleura la surface,
Qui n'eut d'autres recours qu'à demander sa grâce :
Ensuite, par des vers humbles et bien choisis,
Il chanta le monarque et devint plus soumis.
J'aime le botaniste, au large porte-feuille,
Dans un terrain sauvage épier chaque feuille.
Ici c'est du tabac, plus loin c'est une fleur ;
En connaître le nom voilà tout son bonheur.

Tous ses noms sont forgés, selon les découvertes.

Les troupeaux en paissant, les campagnes désertes

Sont des livres vivans plus sûrs que les latins

Où puisent chaque jour nos savans médecins.

Les troupeaux par instinct chosissent leur pature ;

Distinguent ce qu'il faut pour guérir leur blessure.

Des chèvres, en broutant, léchèrent du poison ;

Ce poison leur guérit leurs maux d'yeux, d'obstruc-
       tion,

Des moines sur le champ d'une bonté divine

En prirent sans mesure : aisément on devine

Que les convulsions soulevèrent leur cœur,

Leur firent rendre l'âme et gonflés de douleur

Frappaient pour se venger les chèvres innocentes

Qui de leur guérison étaient pourtant contentes.

Les moines en moururent, l'antimoine resta

Et la chimie ardente à son char le plaça.

C'est dans la médecine au seul nom d'émétique

Que l'on peut l'apeller remède vomitique.

Pétum par le hazard fut ainsi découvert ;

Et Lapeyrouse, mort au loin dans un désert,

Nous apportait, dit-on, une herbe souveraine

Pour effacer les rides et rajeunir sans peine.

Je vois le laboureur dans ses vastes sillons

Aux cendres de mon père et celles des Catons

Mêler ses plants heureux que produit Virginie.

A l'aspect de ses lieux mon âme est attendrie,

Tous les ans au beau temps, je suis sûr d'y trouver

Dans le tabac mon père, et mon frère au laurier;

Dans les soucis ma mère, et Louise sa fille.

C'est ainsi qu'entouré de toute ma famille

Je me fais une fête, entouré dans ses champs,

De revenir sur terre au moins chaque printemps.

FIN DU TROISIÈME ET DERNIER CHANT.

Imprimerie de F. P. Hardy, rue St.-Médéric, n.° 44.

www.ingramcontent.com/pod-product-compliance
Lightning Source LLC
Chambersburg PA
CBHW061710180626
46818CB00003B/1341